Giuseppe Bottazzi · ilustrações de Monica Bauleo

Um irmãozinho especial

Paulinas

CB001985

Dados Internacionais de Catalogação na Publicação (CIP)
(Câmara Brasileira do Livro, SP, Brasil)

Bottazi, Giuseppe
    Um irmãozinho especial / Giuseppe Bottazi ; ilustrações de Monica Bauleo ; tradução de Andréia Schweitzer. -- São Paulo : Paulinas, 2020.
24 p. : il., color. (Sementinha)

    ISBN 978-85-356-4587-3
    Título original: Un fratellino speciale

    1. Literatura infantojuvenil 2. Síndrome de Down - Literatura infantojuvenil 3. Integração social – Literatura infantojuvenil I. Título II. Bauleo, Monica III. Schweitzer, Andréia

19-2435   CDD-028.5

Índice para catálogo sistemático:
    1. Literatura infantojuvenil   028.5

Título original da obra: *Un fratellino speciale*
© Paoline Editoriale Libri. Figlie di San Paolo, 2017. Via Francesco Albani, 21 – 20149 Milano (Italy).

1ª edição – 2020

Direção-geral: *Flávia Reginatto*
Editora responsável: *Andréia Schweitzer*
Tradução: *Andréia Schweitzer*
Coordenação de revisão: *Marina Mendonça*
Revisão: *Sandra Sinzato*
Gerente de produção: *Felício Calegaro Neto*
Produção de arte: *Jéssica Diniz Souza*

Nenhuma parte desta obra pode ser reproduzida ou transmitida por qualquer forma e/ou quaisquer meios (eletrônico ou mecânico, incluindo fotocópia e gravação) ou arquivada em qualquer sistema ou banco de dados sem permissão escrita da Editora. Direitos reservados.

Paulinas
Rua Dona Inácia Uchoa, 62
04110-020 – São Paulo – SP (Brasil)
Tel.: (11) 2125-3500
http://www.paulinas.com.br – editora@paulinas.com.br
Telemarketing e SAC: 0800-7010081

© Pia Sociedade Filhas de São Paulo – São Paulo, 2020

Para pais, avós e educadores

Este livro conta uma história terna e delicada, assim como são as ilustrações que a acompanham. No meio da floresta, Ana e Miguel vão conhecer alguém muito importante: o irmãozinho deles que acaba de nascer. Um acontecimento esperado por todos, mas ainda assim surpreendente. Por quê? É preciso ler a história para descobrir.

Com Ana, Miguel e a sábia coruja, as crianças podem aprender sobre um tema que, para nós, adultos, às vezes, pode ser complicado explicar: a relação com pessoas com deficiência. Afinal, elas podem conviver com a deficiência de irmãos, amigos, parentes e colegas de escola. Então, por que não transformar essas páginas em um momento de leitura, reflexão e atividades compartilhadas?

Um irmãozinho especial pode ajudar os pequenos a praticar a leitura e despertar o interesse pelas delicadas ilustrações que enriquecem o texto.

Nas últimas páginas, as atividades lúdicas e criativas podem ser um estímulo adicional para um maior envolvimento das crianças.

A Editora

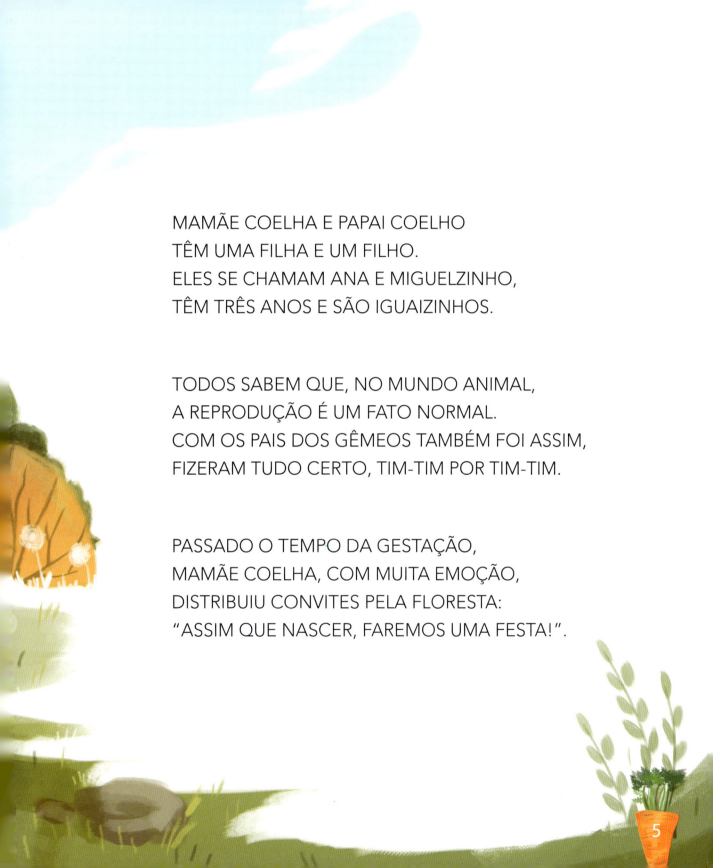

MAMÃE COELHA E PAPAI COELHO
TÊM UMA FILHA E UM FILHO.
ELES SE CHAMAM ANA E MIGUELZINHO,
TÊM TRÊS ANOS E SÃO IGUAIZINHOS.

TODOS SABEM QUE, NO MUNDO ANIMAL,
A REPRODUÇÃO É UM FATO NORMAL.
COM OS PAIS DOS GÊMEOS TAMBÉM FOI ASSIM,
FIZERAM TUDO CERTO, TIM-TIM POR TIM-TIM.

PASSADO O TEMPO DA GESTAÇÃO,
MAMÃE COELHA, COM MUITA EMOÇÃO,
DISTRIBUIU CONVITES PELA FLORESTA:
"ASSIM QUE NASCER, FAREMOS UMA FESTA!".

EIS QUE CHEGOU O MOMENTO SONHADO:
OS VIZINHOS, COM ASAS E DEDOS CRUZADOS,
ESPERAM DO LADO DE FORA DA TOCA.
TODOS QUEREM SAUDAR A VIDA QUE BROTA.

"NASCEU? AINDA NÃO?", QUANTA ANSIEDADE!
A ESPERA É LONGA PARA TODA A COMUNIDADE.
TEM QUEM SE REMEXA, TEM QUEM FALE BAIXINHO,
ATÉ QUE, FINALMENTE, NASCE O LINDO FILHOTINHO.

OS BICHOS, CURIOSOS, PRENDEM A RESPIRAÇÃO,
MAL CONSEGUEM DISFARÇAR TAMANHA EMOÇÃO
AO OBSERVAR O COELHINHO, MEIO DESENGONÇADO,
QUE OLHA TUDO AO REDOR, UM POUCO ASSUSTADO.

"É BONITINHO", DIZEM OS GAMBÁS,
"MAS AS ORELHAS SÃO CAIDINHAS."
"TEM POUCA PENUGEM NO RABINHO",
SUSSURRA O PERU, BAIXINHO.

DONA TARTARUGA NÃO CONSEGUE FICAR QUIETA:
"ESTÃO VENDO A ESPINHA? NÃO É MUITO RETA.
OS DENTES SÃO PEQUENININHOS.
E OS BIGODES, TORTINHOS!".

TODOS QUEREM DAR SEU PARECER:
"É DELICADO, PRECISAMOS RECONHECER",
E, PREPARANDO O VEREDITO FINAL,
OS ANIMAIS CONCORDAM: "PARECE MUITO MAL!"

A VELHA CORUJA É CHAMADA PARA DAR UMA OLHADA.
E, SEM MAIS DELONGAS, ADMITE:
"ELE É MESMO DIFERENTE!".

OS GÊMEOS, UM POUCO HESITANTES
COM OS COMENTÁRIOS ALARMANTES,
PERGUNTAM À CORUJA, PREOCUPADOS:
"NOSSO IRMÃO SERÁ DESCENOURADO?".

DIVERTE-SE A AVE, QUE TUDO SABIA.
ENCARA OS COELHINHOS COM SIMPATIA,
E FALA, DEPOIS DE ALGUMA REFLEXÃO:
"EU VOU EXPLICAR, PRESTEM ATENÇÃO".

"SIM, ELE É, DE FATO, ESPECIAL,
MAS NESTE MUNDO NINGUÉM É IGUAL.
O IRMÃO DE VOCÊS TALVEZ ENFRENTE DIFICULDADES,
POR TER CERTAS FRAGILIDADES."

"MAS, SE AO LONGO DO CAMINHO
SENTIR QUE NÃO ESTÁ SOZINHO,
SE COM A FAMÍLIA E OS AMIGOS PUDER CONTAR,
TÃO ESPERTO QUANTO OS OUTROS VAI SE TORNAR."

"EXISTEM CENOURAS MAIS OU MENOS AMARELAS,
UMAS SÃO GROSSAS E OUTRAS SÃO MAGRELAS:
CADA UMA TEM O SEU SABOR
NÃO IMPORTA A FORMA OU A COR."

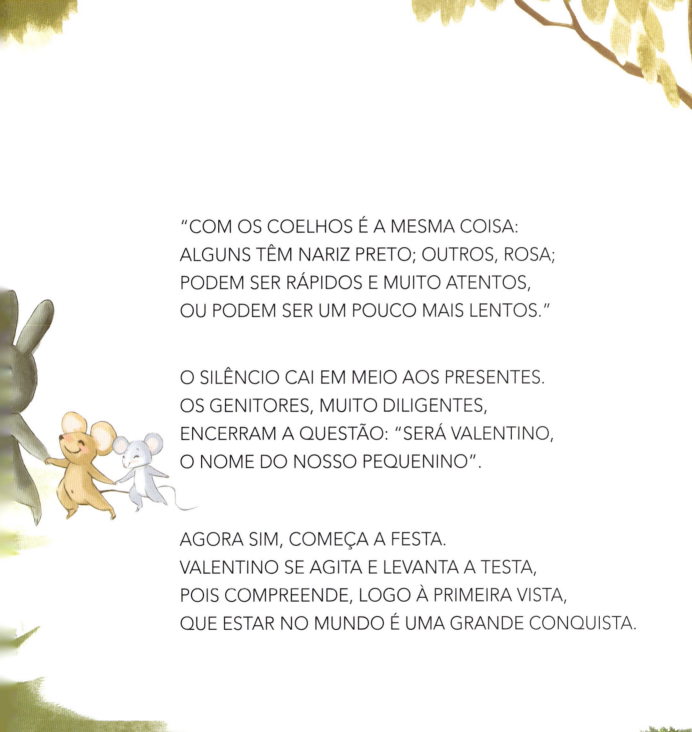

"COM OS COELHOS É A MESMA COISA:
ALGUNS TÊM NARIZ PRETO; OUTROS, ROSA;
PODEM SER RÁPIDOS E MUITO ATENTOS,
OU PODEM SER UM POUCO MAIS LENTOS."

O SILÊNCIO CAI EM MEIO AOS PRESENTES.
OS GENITORES, MUITO DILIGENTES,
ENCERRAM A QUESTÃO: "SERÁ VALENTINO,
O NOME DO NOSSO PEQUENINO".

AGORA SIM, COMEÇA A FESTA.
VALENTINO SE AGITA E LEVANTA A TESTA,
POIS COMPREENDE, LOGO À PRIMEIRA VISTA,
QUE ESTAR NO MUNDO É UMA GRANDE CONQUISTA.

Vamos brincar com Ana, Miguel e Valentino

Aonde vão os animais da floresta?

Valentino, o irmãozinho de Ana e Miguel, acaba de nascer, mas ficar sozinho o deixa triste. Ajude os animais da floresta a encontrá-lo para fazer uma festa. Leve-os até ele pelo labirinto.

Descubra as diferenças

Encontre e circule os personagens que não brincaram de roda na história e desenhe os que estão faltando. Para descobrir a resposta, olhe de novo as páginas 14 e 15.

Coloque a história em ordem

Recorte as cenas abaixo e cole à esquerda, reconstruindo a história.

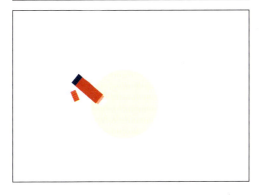

Complete e ligue

Complete as palavras e ligue-as às imagens correspondentes.

GR_ND_ F_S_A

IR_Ã_Z_NH_

AC_LH_DA

AM_Z_D_

Preparando a festa

Ajude Ana e Miguel a preparar a festa para o irmãozinho. Complete as palavras pontilhadas e pinte os balões!

GRANDE FESTA

Vamos festejar

Desenhe ao redor de Valentino todos os animais da floresta que festejam o seu nascimento.

Giuseppe Bottazzi, professor de educação física, é casado e pai de três filhos. O caçula, Simone, nasceu com síndrome de Down. O autor já atuou como animador de encontros experimentais em uma faculdade de Pedagogia. Tem uma ideia fixa: escrever contos de fadas.

Monica Bauleo, ilustradora, é especialista em design de personagens e projetos editoriais. Ela é formada na escola de artes digitais Academia Nemo, de Florença.